KB043800

농담이 좋다

오병섭 시집

농담이 좋다

문학의식

차례

| 제 2부 |

| 제 4부 |

시인의 말

나는 누구인가?
어느 좌표에 서 있는가?
어디로 가야할까?

지금 우리는 급변침을 요구하는 시대에 살고 있다.
망망대해에서 돌풍을 맞닿으면
누구는 선장의 눈동자만
바라보면 된다고 한다.
허나, 지금 우리의 현실은 각자가 선장이어야
생존할 수 있는 시대적 상황이다.
로봇, 인공지능이 인간들과 친구가 되겠다고
4차 산업 혁명을 부르짖지만.
불확실한 미래를 아무도 예측 장담할 수 없다.

시인은 그 해답으로
'농담이 좋다'
생뚱맞은 화두를 던진다.
시를 짓고, 문학을 하면서
한편으로는 안전, 스트레스, 피로, 레질리언스, 행복지수
등의 산업심리에 필이 꽂혀 연구와 강의도 하고 있다.

어느 날 아침
사립문을 밀치며 들어온 거지와
같은 바가지에 밥을 나누는 할머니 모습이 떠오르고,
한양 부자 집 딸로 태어나 제국시절에 바나나 먹으면서 살았
던 소녀 이야기. 그 소녀는 산골 아궁이에서 부지깽이 성구는
내 어머니. 그 모습 속에서 세상살이가 '농담'으로 버무린 성
과물이라는 직감이 스쳐지나 갔다.
그를 만났고, 그는 나에게 붙들렸다.

그래서
'농담이 좋다'

2017년 5월 초

오병섭

제 1부

쉼표

상어는 부레가 없거늘
생과 사 그 사이
쉼 없이 꼬리를 흔들어 대는데

죽는 날 그 날까지
쉬지 않고 꼬리치는 그는
생존을 위하여

쉼은 명령이요
하늘의 말씀인지라

그 말씀까지 거역하면서
생존을 위해서
흔드는 은빛 여울목도
나의
끝없는 몸부림도
자본주의 룰 앞에선
속수무책일까

빙고

너
나이 익혀 가면서
우겨 이기려 말아라
꾸역꾸역
대들지도 말거라

놀부집 지으려고
억지일랑 부리지 말 일이다

누가 와서 묻거든

가을날 고추잠자리와
장난치다
떠났다 전하거라

미세먼지

형제끼리 싸움 말리던
엄니

'그랴,
니가 잘혔어'

폭폭한 심정
북받쳐 오르는 감정을 털어냈다

창공을 날던

그 날
털어낸 분말가루

미세먼지 군에게

– 제발 좀
어서 나가 주게나
떠나 달라는 말일세

오늘도
죽치고 앉아
부끄이 틀 양심일세

자네도 나도
서울살이
동거하기 힘든 뜨락

씨줄과 날줄 위에서

놀라움에 잠 못 이룬 사람들
인간과 인공지능의 대결

인간이 이길 것이라는 막연한 자신감과
아직은 이를 거라는 예측 속에

충격,
아니 경악이다

인간을 대표하여 몰입해 준 이세돌 9단에게
먼저 위로의 메시지를 보낸다

세상 모든 것은 씨줄과 날줄을 엮어 가는 일
조직이 그러하고, 사회가 그렇게
움직이는 모든 것 들이 그러하다

361구멍에 통찰력 ,수읽기, 상황전개 등
모든 조합이다

지금은
인간 본성을 통하여 통찰할 것

인간 본연의 자세로 돌아가서
자발적, 창의성을 확장시키는 것
융합의 집단 지성
순기능에 몰입함으로써
진정한 가치를 창출

씨줄과 날줄을 어떻게 엮을 것인가?
오늘의 당면한 이슈
이젠 좋든 싫든
기계와 인간과의 관계에서

인간과 인공지능
씨줄과 날줄

하늘거리는 천

마음을 빨-았-네
방망이로 내리칠 때
검붉은 혈을 억수로 쏟아 흘렸네
아침에 시작한 빨래
해질녘에 간신히 마칠 수 있었네

서쪽 마루에 걸어 두었네
건너편 세상에서 날아온 노을빛에
지평선 펼쳐진 천
천은 하늘거렸네
맞창에 뚫린 환청처럼 환하네

헐거워진 천
오릴 수 없는, 기울 수도 없는 천
꿰뚫어지게 바라보며
천 번은 더
흐르는 혈류를 쓸어 올려야 했네
놀빛 같은
붉은 마음 한 쪽 오리기 위해

생명 78

휴머니티의 한 수 78
생과 사의 에지에서 누구의 눈에도 보이지 않은 한 수

이세돌 기사가
인공지능 알파고를 제압한 그 순간
당황한 기계는
지느러미를 잃은 듯 당황을 했고
방향성을 잃었다

바둑판의 생사처럼
누구도 모르는 삶

그러나
삶의 방법은 누구에게나
공정하게 기회를 주어져 있다

숨겨져 있을 뿐이다

우리는

그 한 점을 찾기 위해서
갈증, 즉 목마름이 있을 뿐

짤라 먹으며 다가오는
1초 1초의 짤깍거리는 순간

피할 수없는 에지에서
신이 내린 결정적 한 모금이다.

우리는
그 한 모금을 위해
오늘도 갈증을 느끼는 것이다

상량에 쓰이는 재목은
빡빡한 응달 나무라고 한다

모든 조건이 이루어진 환경에서 자란 나무는
펑퍼짐하게 자라
재목이 될 수 없다

오로지
햇살만을 바라보고
생존의 절박함에 몰입하는 나무가
진정한 재목이 될 수 있다.

이세돌 9단의 기적의 수 78처럼
소중한 가치는
우리 누구에게나 각기 다른 우주를 소유하고 있다.

그래서 인간은
누구나 우주보다 위대한 존재라는 사실 아닌가

가로채 온 전쟁

우리 사는 공간을 우주라고 한다
우주의 공간은 물리적 공간, 가상적 공간, 인터넷 공간
의식의 공간, 개념의 공간 등

여러 형태로 분류 할 수 있다
우주 속의 은하계는 1000억 개, 빈 공간은 99.999%
우주 공간 중에서 생명체를 잇고 사는 인간

아무튼
인간두뇌의 진화는 발전을 거듭하고 있다
세상을 모두 지배하는 것으로 착각하고 사는 지도 모른다

오늘 2016년 3월 9일
공간의 혼돈, 자만, 우려, 두려움…
인간과 로봇이 한 판 대결을 하는 날이기 때문이다
이세돌 기사와 로봇 알파고가 361 숫자 구멍을 사이에 두고
영역 다툼을 한다

인간의 직관력이 그래도 지배하느냐?
기계의 빅데이터의 진화와 조합이 도전에 성공하느냐?
인간들의 삶이 수동화 된 객체로 공존하느냐?

가슴 두근거린다

가로채 온 전쟁

약속의 발산

- 깊은 해저에 집히는 것이 있다 -

갯벌위에 바닷길 열리고
한 두 시간 후엔

그 길 사이로 붉은 햇덩어리 툼벙 빠질 이벤트
달리는 경도위에 시간이 응축될 때

피겨스케이팅 선수보다 더 세차게 질주하는 파편 조각들
태평양을 지나 일본을 건너
벌써 한반도를 스칠 무렵이면

강화 외포리 저 편
나의 사념도 갯벌을 건너
어머니와 약속한 그 뜨락에 서있을 것이고

밑줄을 그어가며 기다림을 이야기했던
물길에 서 있을 것이다

차가운 바다를 짚고 서서
밑줄위에 세워 전하던 그 언어
마지막 발신하는 낙조사이로
쏘아버린
그 이야기 한 줄 보듬으리라

– 해지는 서편에는 누가 사는가? –

쪽잠을 내던져라

3월이다
온몸이 나른하다
성화를 대고 쏟아지는 잠
몰고 오는 낮잠
어떻게 참아내야 할까?
고민 덩어리다

피로 때문에
일찍 잠들었는데
새벽 4시에도 눈을 뜨고
시도 때도 모르고
눈동자만 말똥거리며 굴려대니

릴렉스를 위해서는
주어야할 부채 8시간

주말을 수직으로 매어 두어라
곯아떨어지게

쪽잠에게 내던져라
우주를 향해

2월을 벗으며

짧은 것이 너 뿐이더냐
올해는 그래도 후덕하게 하루를 더 얹혀
29가 되었구나

31 29 31 30 31 30 31 31 30 31 30 31
이게 네 운명이라면
그래도 병신 같은 병신년 홀로 너그럽구나
사랑하리라 병신 같은 너를

2월을 벗어 버리자

3월엔 새싹 돋고 꽃 필 테니
너를 벗으며
2016년 그 해 봄볕 움트기 전

지독한 가슴앓이 안고 있었노라
전하리라

털갈이

맨 꼭대기에서 날 지켜주던
털끝이 자꾸 빠져 나간다
유체 이탈을 시도하는 것이다

무수한 태양의 파편에도 꼼작 않던 내력 끝에서
아빠, 아부지, 아범, 애비, 아버님

호칭을 바꾸어 가면서

여기까지 당도 했는데

털갈이
털갈이

당치도 않는 언어
귓전에 걸친 반항의 외침들

순환의 궤적을 돌면서
나를 따라다니는 낯설기

오늘은 아버지 8주기

기일이다

생전 말씀의 흔적을 더듬는다

– 너도 자식 나아서 길러 보거라 –

가을 편지

가을엔 왠지 편지를 쓴다
내
보낼지 말지

그대
받을지 못 받을지

상관도 없는 내 속에 내가 쓰는 몇 줄

여름 끝에
백일홍 꽃 고개 가누지 못하고

오늘처럼

가을에 물들여 갈 무렵이면
이렇다 저렇다
가타부타 고개마저 끄덕여 주지 않고

홀연히 날아가 버린 날개

내 가슴속 깊은 곳에 숨어
내 보내지 못했던 외마디

이 가을 날리고 싶다

날개 달고
훌훌 날고 날아 가다가
그 끝에 닿기만 한다면

심지 끝에 절여
가을편지를 날리고 싶다

이 가을에

점 빼기

점 하나 빼는데
오천 원이란다

얼굴에 있는
점 점 점

가슴속에 딱 붙은
점 점 점

그대 때문에 영글어버린
점 점 점

온통
점들의 세상

쓴 뿌리로
지독하게 박혀버린
점 점 점

점점 커가며
심지 끝에 웅크린 채

앙증스럽기에

나이
점점 더 여물기전

점박이 내 영혼까지
맡겨 볼까

그 것 it

지금
묻겠노라
한국 사회에게

바라는 답은

– 그럴 수도 있겠다 –
그 것

농담 아니지
오직
그 것 뿐

개가 짖는다

오수에 가면
개가 짖는다
이 땅 사람들
안녕을 위해서

무슨 일을
해야 옳은지
남을 위한
희생이 뭔지

오늘도
컹컹 짖는다

오수에 가면
개가 짖는다
온 세상 사람들
행복을 위하여

피로사회

새벽 전동차가
철길 위를 구르며
함께 뛰자고
구로역 개찰문 틈새로 끌어당긴다

상체의 관성이 피로를 깨워
먼저 개찰을 한다

수동적 모멘트에 이끌린 육체
피로 융합 스트레스도
의식의 계단을 오르며
반작용의 율동처럼
밀어내기 한 루

새벽의 발원지에서
긴장의 꼬투리
목구멍에 털어 넣을 때

발산된 포말가루에
새벽별 반짝거린다

어느 봄날의 꽃비사건

설익은 봄날
꽃비 내린다

벚꽃 터널을 지나
개천이 흐르고

어족의 무리는
은빛 비늘 더듬어 헤엄친다

어항 속에서
접영 하듯
내뎅구는 뒤태를 바라보며

이 사건은 분명
내
봄날의 반란이라는 사실을
직감하게 되었다

제 2부

쑥부쟁이 꽃에 그리움은 숨고

쪽빛 가을 하늘을 마시면, 들국화는 그리움을 일으켜 세우곤 했습니다.

들녘에서 늘상 마주치는 그 얼굴들, 들국화의 또 다른 이름, 쑥부쟁이.

예전에는 바람결에 꾸벅이며 인사해도 스쳐버리곤 했습니다만,

지금 난 그럴 용기가 없습니다.

꽃목을 길게 불쑥 내밀 땐 애잔한 사연이 뜨락 위를 깔곤 했습니다.

꽃송이 무게만큼 나는 주체할 수 없는 마음의 쑥부쟁이의 전설 속으로 빠져들곤 했습니다.

옛날, 시골 마을에 가난한 대장장이가 살고 있었습니다. 대장장이의 딸은 쑥을 캐러 들녘을 돌아다녔답니다. 그래서 동네 사람들은 그 딸을 "쑥을 캐러 다니는 불쟁이의 딸"이라는 말을 줄여서 "쑥부쟁이"라고 불렀답니다.

어느 날, 쑥을 캐던 그 처녀는 벼랑에 빠진 사냥꾼을 발견하고 그를 구해주었습니다. 그 청년은 재상의 아들이었답니다. 청년은 다음에 가을에 다시 오겠다고 약속만을 남긴 채 떠났습니다.

그녀는 청년을 만나기 위해 하루도 거르지 않고 기다렸지만, 그는 나타나지 않았습니다. 그리움이 더해가던 몇 해 후 그 청년이 돌아왔으나, 그에게는 이미 아내와 자식이 딸렸더랍니다. 그는 그제야 잘못을 빌며 함께 살자고 했지만 쑥부쟁이는 그를 돌려보냈답니다. 그녀는 그 후에도 그를 그리워하며 결혼하지 않았습니다.

어느 날, 쑥부쟁이는 산등성이에서 발을 헛디뎌 절벽 아래로 떨어져 죽고 말았습니다. 쑥부쟁이가 죽은 뒤에도 산과 들에는 그의 분신처럼 전설을 안은 채 피고 있습니다.

날 그리워했다는 S양. 지금껏 결혼하지 않고 독신을 고집하는 그녀.

난 처음 그녀가 혼자 사는 이유를 어렴풋이 알았던 것은 임종에 임했던 아저씨에게서 들었습니다. "S와 너를 빨리 맺어 줬더라면" 하면서 "좋은 관계로 지내라"고 하던 그 말은 지금 여기 공간을 메우고 있습니다.

쑥부쟁이 꽃에 그리움은 숨고, 드높은 가을 하늘만큼 잊을 수 없는 일입니다.

청복여로

청년은
마른 목소리로 오월을 노래하지

'푸른 하늘이시여.
넓은 벌판을 열어 주세요'

간청하지만
여지껏
응답이 없어

청년은
서른 고갯길을 넘다가
성황당 돌무더기 속에 숨겨둔 밀서를 알고 싶어

청년의 꿈

색다른 길, 얼치기 길…
혼돈의 낯선 길

지금
걷고 있는 이 여로

청보리밭 길

구절초 연가 2

가을날이 그리워
타오른 연정

구구대는 구월
그대 창을 열어보리

잎새 마다
맺힌 자국
오르고 내리다가
젖줄로 흐르네

줄기 타던 몸부림
가지마다 서린 미-소

구절구절
구절초
연분 꽃 연분 꽃
피우리라

농담이 좋다 1

급변침 사회를 살아가는 일
여유로워야 한다
변화 속도는 순식간이기 때문이다
변화 대응에는 유연성 있는 사고의 흡수력
그리고
진한 농담이 또한 보약이다

농담 속에 참된 신뢰가 담겨있고
호탕도 공존하기 때문이다

농담이 어렵거든
아이라인을 추켜 들고
미소라도 짙게
노출 시키거라

오늘도
소재를 찾아
농담을 청해보리라

처음엔
겸연쩍고 넋 빠진 사람처럼 여겨질 수도 있다

지하 공간을 활보할 때도
어깨끼리 얽힌 계단 사이로
눈빛끼리 서로 부딪혀 보리라

농담의 농도가
상충되어 부딪힐 일만 있을지라도
농담의 파편조각이 혼재한 순간
모든 장벽은 무너져버리고

황혼 무렵 서편 하늘처럼
투명하게
하늘거릴 천

농담은
세상을 또 다른 우주로 바꿀 수 있기 때문

지금은
다크서클처럼
진한 농담이
꼭
필요한 때

농담이 좋다

첫 눈

밤새고 나니
글쎄
첫 눈이
근심 한 짐 내려두었습니다

마당 모두 쓸어내려면
한 나절은
고단 하겠다

그래도
하얀 속살 드러내 보이니
얄밉진 않네

풍선 불기 100

백 개 묶음 풍선 한 통을 샀다
빨강 파랑 초록 노랑
가지각색
핑크색 먼저 골라 꽁꽁 불어넣었다

내면에 숨어있던 내 모든 것을
몽땅 밀어 넣었다
그대에게 보낼 것 들이다
이 만큼 세다는 것 과시하고 싶은 욕망까지

오래된 인연의 이끼는 끌려오지 않은 채
껍질 만
후 – 후 –

배부름 크게 차올랐지만
정작
전하려는 엉겅퀴는 차마 되감김일 뿐

미련에 매달린 홍시처럼
백 개 채울 때쯤이면
까칠한 눈물 한 방울 피어오를까?

금 수저 1

내 초등학교 입학 전
그날 이른 아침
할머니 집 사립문을 비스듬히 밀치며
남루한 여자 걸인이
마당으로 들어오고 있었습니다

때마침,
할머니는 양푼에 풋나물을 넣고
조반을 하려던
그때
할머니는 대뜸

– 그래 잘 왔네. 자네 올 줄 알았네
이리 오소. 같이 먹세 –

숟갈을 건네며 이웃 식구처럼
태연하게 그와 함께 아침 식사를 했습니다

그 후 동네방네 소문이 났습니다

동냥치하고 함께 한 양푼에 밥 비벼 먹었다고
거지하고 친구라며 –

할머니는 개의치 않으시고 웃기만 했습니다
뿌듯한 감정이랄까 기쁨 같은 그 무엇을
지금도 짐작할 수 있을 것 같습니다

할머니는 자신이 왕가 손이라는 자부심으로
– 나는 회령대군 직계손이야 –

마음의 중심을 두고
늘 유머와 여유가 묻어있는 듯 했습니다

나는 태어나서 학교에 들어가지 전까지
할머니 무명치마자락을 콧수건 삼으며 지냈던 한 토막
시 짓기 금 수저 아니었나 싶습니다

금 수저 2

내 집안 백오십여 년
이어온 서마지기 논빼미가 있습니다
아버지 명의로 있는
그냥 내림받이 하는 땅입니다

살아가면서 내력을 구전으로 들었습니다
나로 말하면
오대조 할아버지 몫
그는 향촌에서 학자로 후학을 길렀는데
그 제자가 도승지 벼슬에 이르렀고,
임금께 아뢰어
스승님께 벼슬을 하사 하겠다 해도, 증 벼슬마저도
극구사양 하셨답니다
할아버지 돌아가신 후에 그 제자들이 스승님 제사 몫으로
우리 집안에
마련해 준 것이었답니다
그 뜻을 잊지 않고
우리 집안에서는 봄날이면 효를, 감사를 함께 하고 있습니다

마을 어귀 묘소에서 농은공(農隱公)할아버지는
마을을 드나드는 이들을
바라보며 웃음 짓고 있답니다

그 땅은 나를 거쳐 내 아들 그 아래로 계속 이어질 것 입니다
잊지 않고 때를 두고 찾아 그 뜻을 이어서

나 또한 후학을 기르며 기쁨을 더해가는 오늘
이쯤이면 나는,
회자하는 말로 금 수저라고 아니 할 수 있겠는가

그럼에도 불구하고

살다보면
제 뜻대로 되는 일이
그리 많나요?

비틀리고
꼬이고
물먹고 엿먹고

빈정 상하면서

욕먹기를 월급의 대가로
야단치는 대가를 수당으로
산출해 내는 거기
떠나야 할 시간이 불확실한 테이블에서

마구 우겨대는 후배와
짓 눌러대는 선배 사이
병아리처럼 아옹대던 시절을
추억이라 불렀지

그럼에도 불구하고
오늘은
더불어
참아내야 한다
버티어야 한다

서로 안아 줄 이 없는
직장 테이블 에지에서

그럼에도 불구하고
또
그럼에도 불구하고

이것은
21세기 초 그 날의 이야기였다

큰일이다

태양으로부터 내리 쏘아대는 햇살 줄기
퓨즈가 끊어져 버린다면
큰일이다

정말 큰일이다

대박 뻥뻥
터지는 세상살이 중에서
큰일은 큰 일 뿐이다

노아방주 방문기

산 넘고 능선 따라
말씀 이어지는 대로
노아의 방주공장에 이르렀습니다

통나무 톱질하고 끌질 하던 이들은
어디 갔는지
노아 어르신도 아니 뵈고
작업장 들여다보니
곡면가공기가 프로그램 따라
해독하며 들락거린다

아무 인기척 없는 방주를
서성거리다가
메말라 가는 하늘만 만지작거렸습니다

그리고
메모 한 쪽지
'하나님께서 빈정 상하셔서
죽었으면 죽었지 이젠 홍수는 못 내려 보낸대요'
– 21세기 인간 오병섭 다녀감

유통기한

냉장고 모서리에서
숨어서
살아온
유산균 요구르트

균이네 기대수명이
닷새나 지나 버렸네

버리기는 아깝고
먹기에도 꺼림칙하여
식탁위에 올려두고 촉을 살피는데

버려 버려
어서 버려
그 성화에도
못내 꿈틀대는 아집
집착에 빠져버린 자아

갈등을 꿀꺽 마셨다
아무런 반응도 없다

거 봐
이상 없잖아?

유통기한
어긴
이 같은 세상
여지껏
말짱하네

낙타여로

열사의 회오리 홰를 친다
힉힉 헉헉…
낙타는
발바닥 들다 놓기를 수 만 번

가도 가도 끝이 없는 길
고행이랄까
숙명이랄까
따질 것도 없다

해운대 언덕위엔
자본주위의 파도가
허물을 벗기고
상처만 남겨둔 채

질 나쁜 어느 여자에 대한 함성이
사막의 먼지와 광란의 포도로 휘발되고
포말된 기억으로 버무려
불통
불똥

타인의 길
퇴로 없는 좌표 속에서
길 잃은 함성은 절규하고 있다

오늘
이 땅 여기는
낙타여로 랍니다

어쩔려구요?

그 날

산등성에서 50년생 나무를 덥석 베어버리고
땅 파는 기계로 구덩이를 마구 헤쳤다
그 속을 평편하게 고르고
숨죽은 종족을 통 채 그대로 눕혔다
또
눕힌 그 위에 흙을 퍼부었다
인부는 지끈지끈 밟다가 메로 꿍꿍쳤다

땅속에 영생 잠든 자 집안 아재 되는 분이
인부에게 말했다
'자네, 살살 사정 좀 봐가며 해주게'

인부 대답
거침없는 말로
'살아서 기어 나오면 어쩔려구요'

응고

핵이 무섭다

탄을 넣어 융합하면
더욱
떨려라

– 주문
피청구인
대통령 ○○○를 탄핵한다 –
170310.1121

아
응고

밤꽃

유월엔
하얀 찔레꽃 핀다고
기억해 두었는데

낮인데도
밤꽃 피고
낮달도 떠있어요

바람결에 밀려온 내음
이국의 향수 곱씹어
원점
태양의 꿈을 보듬을 때

- 청춘도
사랑도
비릿한 것 -

비 내리는 날
어촌 골목 처마 끝에서
떨고 있던 물방울처럼

이슬아슬한
오월의 청춘은 떠나가고

아! 유월,
꽃술 여물어 가면
탈진된 그 파편들
수
직
공
간
에 흩어질 듯

미 앤 락(美 & 樂)

나
시 짓는 이유

사랑 한 모금의
달콤함

벼랑 끝
올가즘

북극성 따기
설렘

꺾어올림
미 앤 락

이 또한 지나가리라

철조망처럼
엉켜 사는 세상살이

앞이 막히고
벽이 가로막고
사람들끼리 부딪혀
마음 상하며
몸도
마음도 지치니

에라
어차피
어 참
젠장맞을

무슨 생각인들
못하랴

롤러코스트 이벤트
이
또한 지나가리라

부지깽이

어머니 부엌에 쪼그리고 앉아
아궁이에 불 지피는
요술 막대기가 있었다

성글게 얹혀둔 사이로
불길 타들어
밥이 되고 국이 끓었다

막대기의 묘기는
심장을 멈추지 않게
연료로 공급되고
아궁이 깊숙이 돌아
바퀴를 굴렸다

제 3부

Gate 10

강남역 열 번째 문을 지난다
23살 소녀가 남자에게
죽임을 당했단다
아무 상관없는 이에게
아무런 이유도 없이

꽃송이 질서 없이 누어있고
사람들이
말수도 없이 길게 고리를 이으며
후적후적 훌쩍거린다

나도 몇 자 적어
가판위에 붙인다

- 대한민국 2016
비대칭 메커니즘
참 몹쓸 사회 -

소녀야
이 땅에 살았던 일
그래도
사랑할거지?

초록 레질리언스

너 지금
마음 열어 두었니?

참호 속에 홀로 밤을 지새워 보았는가
혹한 추위에 몸을 맡겨 둔 기억이 있는가
그때처럼 홀로 서 있는가

지금 초록 레질리언스 길을 따라
나서 걸어보자

마음이 열려야 기쁨이며
기쁨이 차오르는 게 행복이다

행복은 심지 끝에 불이 붙어야
가능한 것이다
그 불꽃은 자유로워야 하며
바람에 꺼지지 않는 인성이
심지 끝에 매달려
어떠한 상황과 여건 하에서도
꺼트리지 않는 일이다

그 불꽃은 푸르고 맑으며
순수한 열정이다
오직 자신의 알갱이를 태워
자신을 위한 몸부림이어야 한다
자신의 몸을 몰입해야 하는
이유가 명백해야 한다

왜 나는 이 길을 걷고 있는가?
자신의 영혼에게
올바르게 걷고 있는가
물어보라
맞다하면 곁눈 팔지 말고 즐겨라
설령
그 결실이 신통치 않더라도
내가 좋아하면 그만이다

그게 참된 행복
초록 레질리언스

지금은 노크 중 2

사물과 현상 속에서
오늘도 심한 갈증을 느끼며
메타언어로
이미지를 그려보며
보다 확장된 세상을 응시 한다

메마른 몽골사막의 먼지 분말과
북경도시가 분출하는 문명의
잔류탄소기류를 타고
흘러오는 유해성 성분은 수직의
유리창에서 기회를 엿보고 있다

재화에 멍든 시민의 가슴을 두드리며
공장 굴뚝의 유동물질과 건설현상 틈새
비집고 나온 혼합물의 신음 소리도
초고층빌딩 기류에 휘감기며 거침없는
활보를 시작 한다

수도 서울 거리와 거리를 활보하는
인구의 목구멍 젖줄에 매달려
헛기침 기적을 컹컹거리는 순간 사이로

유럽발 가습기 청정 속임 물질도
전파를 타고 국제적 히스토리를 엮으며
귓속청까지 마주 후벼대고 있는 것이다

비록 전하는 메시지는 약할지 모르지만
기류와 그 기류는
무한 가능한 사용권을 확보했다고
자부하는 시민들에게
무상에 젖은 현실의 특혜를
빼앗고 빼앗아 가는
무한경쟁 세상에
도래한
바로 지금 서울의 공간

그대
호흡기터널 속에서 노크중이다

우는 것이 약이다

울고 싶으면
펑
펑
쏟아지게 울어라

보고 싶어서
다시 못 볼 것 같아서
이별이 너무 무거워
울지 못하면
병이다

울어야만 약이다

울어도 울어도
듣지 못할 님의 귀

울대목까지 막아버릴 것 같은
울음
참지 말고 울어버리거라

오직
우는 곳에 샛별 뜨기 때문이다

엄니 울 엄니

모앗골 들어서니

– 왔냐~!

금방
맨발로
뛰어나오실 듯하네

분꽃 같은
동그란 얼굴

엄니
울 엄니

5월이 오면

오월이 오면
연초록 날개를 펼쳐 보리라

장미꽃은 붉어지는 입술
불태워 가면서
높은음자리표 위를 농축시킬 때

석양노을 끝에서
실개천 따라
파닥거리는 은어 떼처럼

내 작은 꿈도
드높게 날으샤

오월이 오면
초록의 노래를 부르리라

나이 길들이기

나이라는 무체는
시공 넘어
차오르며
영글어가는 것이다

영글어 갈수록
탐욕과 집착이라는 녀석에게
유혹받고 찌드는 버릇 뿐

털어버릴 줄 알라고
일러 말하지만

몸이 움직여 주질 않네
너도 한 번
꽉 깨물어봐
거듭
막무가내기

그게
그리 쉬운 일인가!

나이 길들이기
되게 힘드네
정말 어렵네

비엔티엥의 밤하늘

진주알보다도 작은 별들이 촘촘히 박힌
우주 중앙에
몇 십 배 큰 내 자본주위 몸집을 비교해보며
뿌듯한
자부심을 털어본다

내 살아온 과거와 지금
앞으로도 더욱 성장해서 몸집 커질 일 들
포만감 속에서
그럼 재들보다 더 오래 견딜 수 있을까?

메콩강 건너 저 곳이 태국 이라네

쥐눈콩 만한 몸집들이 강변을 구르듯 분주하다
별은 별을 친구삼아 드문드문 이야기를
띄운다

작은 모래알 속에서
티벳 고지에서 살던 이야기
삶을 거쳐 오며 애타던
그들의 이야기

비엔티엥의 밤하늘 속에
반짝거린다

유시티

유(you)를 향한 내 마음
시(sea) 한 소절 지어서
티(tee)위에 올려놓으면

오직
갈증 한 모금

홀(hole)이 당겨주는 홀인원

- 3행시 짓기 -

시드는 것도 멋이다

새싹
움틔우고 꽃피우며
또 지는 것

지고나면
열매 맺는 순환처럼

순환의 흐름은
자연의 힘으로
이 또한
숙명의 엔트로피 사이클

그래서
시나브로
시드는 것도
생의 멋은 아닐까

굽은 못 박기

굽은 못 박으려거든
쓴 마음 아끼지 말고
온전히 버리거라

버리기 아까워
곧게 펴서
되박으려거든
손 만 다칠세라

굽은 못은
내면까지 굽어있다

세상 것들 죄다 그러하거늘

목마른 달

나라 만들고 그 곳을
나주라 일컬었고
새로 한판 벌려
신라라고

목말라 갈증 타올라
구갈
다시 속타들어
신갈

가파른 生
목마른 달

파. 전자파

파
파
파
골프에서라면
얼마나 좋겠습니까

지하철 좌석에 앉아있는 이 분 들
전자파를 끌어 당겨
엄지로 접선을 해대며

파 파 파
공간을 헤엄치며
태평양을 날고
북극에도
은밀한 밀실까지
헤치며 눈동자를 굴린다

파는
골수를 파고 들고
성경 행간까지 헤엄을 친다

노아의 방주는
갈증을 느끼고

무한공간
언제 어디서나
춤추고 헤엄치는 오만방자한 너

파
그냥 두진 않으리라
막무가내기 너

빈정 상한 옥타브

- 통영에도 가을이 왔습디다 -

원래 가을은
산에서부터 기어 내려온다
올 해도
내려가다가 가다가 보니

더는 갈 곳 없는 바다 끝에 이르러
시간 앞에
겸연쩍게 방긋 웃는다

우리도
생때같은 웃음 한 옥타브 올려 웃어
제켜 볼 때

통영 뜨락은

왠지

빈정상했는지

금새

붉게 타오르고 있었습니다

빙산의 뿔

화난 화산처럼 이글거리는 종
얼음처럼 생끌한 녀석
세상에는 반죽되어 살아간다

죽은 듯
잠겨 쉬는 빙산

차가운 발끝에 응고된 인내
온난화에 풀리어
찌를 듯한 분노를
뿔을 세운다

뿔난 뿔
녹여서 대해에 행군다

촉

감은
감을 잡으며
촉은
촉을 세울 때

밤의 엣지에서
일출에
입맞춤 한 촉처럼

그대 그리고 나
촉
그
느낌 아니까

그 길
- 안전을 위한 헌시 -

다 안다

안 하는 것
정말
하기 싫다는 것도

나도 못하는

그래도
함께 가야할 그 곳

무지개 피는
안전한 세상

제 4부

해창 찔레꽃
- 해창 아우에게 -

지독하게
가까이 다가가고 싶다

가시에
찔리고
아플지라도

그게
너이기에

해창 찔레꽃 2

1.
오월이 오면
어머니 부르시던 노래
붉은 찔레꽃

지독히 가까이
다가서고 싶은데

가시에
찔리고
아플지라도

그게
너 이기에

심청이 청춘처럼
피어오르는 붉은 마음
해창 붉은 찔레꽃

2.
가시에
찔리고
아플지라도

그게
너 이기에

심청이 청춘처럼

시작노트
어머니의 마음과 자식의 마음 사이에서 피어나는
심청이 붉은 효심처럼
피어오르는 해창 찔레꽃을 노래하고 싶었다

치킨집 2017

치킨집에선
치킨이 행세하는 게 아니다

치킨집 대장은 콜라다
때로는
식초에 절인 무 조각 이다

엄밀히 말하자면
치킨집 왕초는
치킨이 아니라는 현실이다

해창. open… 의 사상

어느 겨울 날
하와이 카우아이 섬에서
태평양 푸른바다를 바라보며
검은 화산절벽에 부서지는 물결, 파도 속에
무지개 빛 너의 내민 얼굴
진정한 바다
본성을 본 것이다

해창
신비한 바다 가슴살을 열어보고 싶었다

원주민 운전기사의 끝없는 웃음꽃
부엉이에 대한 신뢰감에다가
해남 해창의 먼 기억과 이어진 바다

감정을 융합해서 버무려 짓게 되었다

해창

open the window

항해를 나선다
바람길 열릴 무렵

바다 위를 춤추던
영혼의 날개 펼-치면
Open the Window
Open the Window

무지개 빛
파고위에 피어오르리

바다여 파도여
설레임으로
해창을
열어보세

웃음꽃 우리세상
거기서
만나세
Open the Window
Open the window

지금은 PM 9시 47분

스무 해 전
'지금은 PM 2시 37분'
네 시집 앞에 머물렀는데
오늘 국제 환경시계 왈
'지금은 PM 9시 47분'
찌르고 있다고 위험 경보

숨을 몰아쉬며
떨고 있는
임종의 촉각처럼
벼랑 끝에
거
꾸
로
매
달
린
지구
서울의 시간

그대여!
어찌 하시겠습니까

알파고 대항
78비수 같은
그것It은 무엇 입니까?

수확의 계절

지난 여름
왜
그리 더웠던지!
화끈 거렸던지?

젖은 메리야스 사이로
하얀 속살을 내 보이며
그래도
탈 없이 보낼 수 있어서 좋다

이젠
가을이다
수확의 계절

세상 일 어찌 하던지
수학이라도
잘 풀자

범사가 술술 풀리게

참깨를 털며

포설된 햇살 위에
동행하던 그림자가 먼저 눕는다
마당에서 참깨를 털며
여름날 은혜에 감사한다

건조해진 육체로
여름 뙤약볕에 육수를 쏟으며
이미 휘발되어버린 깻대
죽도록 매 맞을 일을 두려워 한다

마지막 남은 목마름을 축이며
주인 손에
대차게 맞을 각오를 한다

미래를 생각 하다가
창고에 갇힐 것이고
거기에서
엄동설한 참아가며
기약 없는 봄볕을
마냥 기다릴 것이다

굽은 못에 대하여

세상엔 굽은 못 천지다
내 속에도 굽은 못 박혀있네
장도리로 빼야 되는데
옳은 못 박으려다 휘어버린 못
버릴 수도
다시 펴서 다시 두드려야 할까

안타까움에 흔들거리고
두려움에 애타하면서
굽은 못
다시 박으려거든
단단한 마음 두드려야 하네

손 만 다칠세라
굽은 것은 반드시 내면까지
굽어 있기에
세상 것들 죄다 그러 하거늘
굽은 못은
더 이상 굽은 것일 뿐

나

오늘도 외길에서 망설이네

굽어 있는 것에 대하여

고려산 가세

고래 고래
소리 지르러
고래산 가자

무명치마야,
너도
진달래꽃 따러
고려산 가자

바람이야
겨울에만 불더냐
바람아
날 좀 태워줘라
고래산 잔등까지만
데려다 줄거나

세상엔
맨날 맨날
온통 미세먼지

진달래꽃에
눈알 비비고
콧구멍도 홀아웃

난 갈 거다
고래산으로

고래 고래
소리 지르러

나
고려산에 가리라

한 박자 빠르게 또 느리게

왜
나를 시험 하나요

때로는 빠르고
어느 땐 또 느리게

오늘도
긴가민가하여
주체할 줄 모-르는 벼랑 끝에서
마냥
나 홀로 서 있네

한 박자 빨리
또
한 박자 느리게

한 박자 느리게
또
한 박자 빠르게

긴가민가하여
주체할 줄 모−르는 벼랑 끝에서
마냥
나−홀로 노래해

짧은 에세이

달력위엔
두개의 색깔이 피어 있다

오월이
양몰이 초원길이라면
시월은
검붉은 석양
홀로 걷는 섬 길이다

오월이
소년의 엽서라면
시월은
중년의 에세이다

몽골 초원 길
회상하며
지금
섬 길 걷고 있다

사월

아이쿠
놀래라

벌써
4월이네

왕 벚꽃
큰 눈 뜨겠네

봄 춘 레질리언스

봄볕 쏟아 내는 소릴
들어보렴

산자락 꿈틀대고
죽은 듯 꼼짝 않던 나뭇가지
눈 끝을 추키는 그 곳

봄 줄기 천둥소리
탈출을 시도하는 몸부림
광장에서나 볼 듯한 봄볕의 탄성력

새벽별 소망은
여명의 어둠을 털면서
시간의 껍질을 벗는 일

그대, 명작그림
봄볕마루 정사를 갈아 입혔네

봄춘 그대
솜씨
레질리언스

농담이 영어로 joke다

1.
위기 반 기회 반
세상살이에
진담 반 농담 반

착각 같은 순간의 농담이
아쉬운 지금이다
농담반 진담반 살이 속에서
농담처럼 즐기며 살아보세

진담만 움직이는 경직된 살이는
사막처럼 가물다
건조한 바람결은 팍팍한 모래 길로 이끌 뿐이다

진담으로 사는 사람들 세상은
굳은 볼은 한 일자
지속되면 양쪽 입술까지 처진 끝은 한 일자가 된다

2.
'생각이 엔진이라면
감정은 휘발유'라고 말한다
이는
농담은 윤활유처럼 필요한 거라고

3.
'하마터면 빠져 죽는 줄 알았네.'

그 물은 신발이 넘을 듯 말 듯 얕은 물 앞에서
말하던 농담이다

4.
'판사님. 정말 이 글씨 보이십니까'

어느 판사 눈에는 보이고
어느 판사 눈에는 안 보이고

같은 사건에 판결이 달리 나오자
세간에 농담이 흐른다

농담은
영어로 joke다

돌발위성

북쪽 난류와
푸른 하우스 뒤집힐 듯한
긴장 속에
그 해 회색 빛 이 월 무렵

청문 인용 기각
낯선 언어가 세상 기류 속을
날고 있을 때

청소부 여인이 난데없이 쏘아올린 위성
염병하네
염병하네

하나 더 쏘아 올리고 싶은

염병하네
지랄하네
지랄염병

상사화

1.
닿으려
닿지 못하고

이으려
잇지 못함은

수직으로 달려온
태양의 속살 때문인가요?

아무런
이유도
조건도 없이
여기서 그댈 기다리고 있을 뿐

바람길이여!
영혼과 영혼 맞닿을
그 순간
그 순간까지
상사하게 하소서

2.
아무런
이유도
조건도 없이

여기서 그댈 기다리고 있을 뿐

바람길이여!
영혼과 영혼 맞닿을
그 순간
그 순간까지
상사하게 하소서

꿈

마주하면
아는 반딧불

만나든
안 만나든
상관없는 촉

만나면
보듬어 주고 싶은 별

그럼
진정
난
어떤 꿈을 갈할까

그럴 수도 있겠다

왕벚꽃들
반란
야심
충동
속살 내밀며 공격이다

그럴 수도 있겠다

창공이 뚫릴 듯
쪽빛 봄날

하늘 찢기고
날벼락 내려칠 듯한
자유
자유
그 속살의 발산이라면

詩論

이야기 시와 생활 시

오병섭

1.

과학기술의 변화는 우리의 일상생활을 거칠게 이끌어 가고 있다. 변화의 속도는 편리성과 유용성을 제공하는 대신 인간 본연의 정체성을 뒤흔들며 질주하고 있다. 시간과 공간을 초월한 비대칭형 정보는 왜곡되어 우리들의 생각마저 혼돈으로 빠져들게 한다. 과학기술의 질주로 인문학은 왜곡되고 매몰되어 버린 나머지 인간성마저 불확실성 앞에 노출되어 있다.

시는 인간 내면에서 일어나는 발현적 창작이다. 정서적, 심리적 요인들의 기반위에 인간의 본질문제로부터 폭넓은 휴머니즘을 찾아가는 작업이다. 그래서 인간은 일상생활을 통해서 상황을 관찰하고, 모티브를 객관적 시각으로 표현해서 보편적 가치로 이끌어야 한다.

시인과 독자 간의 소통의 장이다. 소통의 통로는 막힘을 최소화하면서 다양한 공감을 이끌어야 한다. 이야기의 메시지와 의미의 울림은 영원성을 이끌어야 한다. 시의 고유성은 일상 체험과 현상 속에서 발굴되어야 한다.

이것은 지금 이 시간을 살아가는 우리가 감당해야 할 문학의 사명이며, 감성 회복, 더 나아가 창작 활동으로 이끌어야 한다.

2.

생활 시, 이야기 시의 소재에 대하여 구체적으로 살펴보려 한다.

생활 이야기는 삶의 단면을 소재의 모티브로 선택하여 이야기로 전개 할 수 있다. 각기 다른 삶의 상황은 큰 소재, 작은 소재 간에 확대, 축소 표현을 이끌 수 있다. 사회-기술적 측면에서 뿐만 아니라, 사회-환경, 생태, 정보 등 측면에서 상호관계를 통한 이슈를 제시하고 풀어나가는 활동에 초점을 두어야 할 것이다.

이야기 시의 효과적 전개는 이야기와 독자의 정서 사이의 부합성이 맞춰져야 한다. 이들 간의 부합은 시인과 독자 사이의 소통과 상호 연결이 주요한 요소다. 이야기의 일관성, 완결성, 예술성 요소를 객관적 관점에서 융해하는 핵심이다.

3.

이야기의 중심사상에 대하여 살펴보면

이야기 시는 역사적 사실과 인물이야기, 자신의 수필적 이야기, 제3자 이야기의 관찰 등을 통해서 찾을 수 있다. 직접적인 체험이야기라면 자신 있게 설득을 강하게 표출할 수 있을 것이다. 하지만 자칫 절제를 못하고 과다 노출된다면, 의도와는 달리 메시지는 반감 된다. 또한 피상적이고 표피적 표현에만 급급하면 공유하고 싶은 요소를 놓치는 오류도 범하게 될 수도 있다.

무거운 죽음 앞에서 해학과 농담이 버무려진 사례를 살펴보면, 효과적인 대화법을 통해서 '어쩔려구요?'이 한마디로 반전 시킨 것을 볼 수 있다.

이야기 시에서는 해학과 진담, 농담이 융합하여 제 3의 분위기를 도출하는 시인의 역량도 필요하다. 이야기 시는 일상 생활 대화 속에서 찾을 수도 있다는 예시다.

4.

환경변화에 주목할 필요를 찾을 수 있다. 에코 시라고 분류하며 환경적 이슈를 살펴보기로 한다.

겨울 끝자락에서 봄을 슬쩍 거치며 여름으로 바로 건너 뛸 것 같은 기후 변화가 심한 현실이다. 산성비가 자주 내리고, 미세먼지에 갇힌 일상, 층간 소음의 괴로움, 산업 현장의 중대사고의 연쇄적 발생 또 에너지 고갈문제 등 끊임없는 쇼크는 우리의 일상을 위협하고 있다.

또 인구 환경문제에서도 비만과 빈곤의 양극화, 경제적 양극화, 정신적 스트레스, 피로 사회, 생물 유전자 변형물질 문제 등 다루어야할 시인의 시는 다양한 접근 통로가 열려 있다. 생태 사회학적 접근은 시인으로 당연히 다루어야할 과제다.

5.

급격한 변화의 중심에는 로봇, IOT, 인공지능에 대한 언급도 주목할 가치가 있다. 이젠 4차 산업혁명 시대의 도래는 너

나없이 입에 올리는 말이 되어버렸다.

본문의 시에서 기계와 인간의 어울림, 초현실주의적 접근을 시도 했다. 엘리베이터, 진공청소기, 콘크리트가 무섭다, 사물과 사물이 소통하는 문제….

한 편에서는 노동의 종말에 이르렀다고 불확실한 사회에 대한 우려를 심각하게 말하는 미래학자도 있다. 어떤 사회가 도래 할 것인가? 그럼에도 불구하고 지금은 이야기 시를 통해서 농담을 섞을 수 있는 여유가 필요한 시기다.

지금 이 땅을 가꾸어가는 우리들이 실현해 나가야 할 방향이다.

맺으면서
JOKE. 조케.
우리 모두
농담이 좋다.

오병섭 시집

농담이 좋다

초판 인쇄 _ 2017년 5월 10일
초판 발행 _ 2017년 5월 10일
지은이 _ 오병섭
펴낸이 _ 노승택
책임편집 _ 안혜숙
편집/표지 디자인 _ 임정호

펴낸곳 _ 도서출판 다트앤
등록 _ 1998년 9월 15일
등록번호 _ 제22-1421호
인천광역시 강화군 하점면 1100번길 26-4(장정리)
tel 02.582.3696
fax 0504.422.6839

이메일 hwaseo582@hanmail.net
값 10,000 원
ISBN 978-89-6979-616-3 03810